I0556969

www.ingramcontent.com/pod-product-compliance
Lightning Source LLC
Chambersburg PA
CBHW072047170626
46811CB00008B/3201
9781005721640

حكاية مزين بغداد

الجزء التاسع

من قصص ألف ليلة وليلة

جمع وتحرير: رأفت علام

إعداد وتحرير: رأفت علام

مكتبة المشرق الإلكترونية

صدر في يناير ٢٠١٩ عن مكتبة المشرق الإلكترونية – مصر

تحديث أغسطس ٢٠٢٣

Table of Contents

عشق الصبية

بالنظر إلى القصة الثامنة، أنظر إلى الجزء الثامن بعنوان "الخياط والأحدب". تبدأ قصتنا عندما تقدم الخياط من عرش الملك وقبل الأرض تحت قدميه وقال:

- اعلم يا ملك الزمان أن الذي جرى لي أعجب مما جرى للجميع، لأني كنت قبل أن أجتمع بالأحدب أول النهار في وليمة بعض أصحاب أرباب الصنائع من خياطين وبزازين ونجارين وغير ذلك، فلما طلعت الشمس، حضر الطعام لنأكل. وإذا بصاحب الدار قد دخل علينا ومعه شاب وهو أحسن ما يكون من الجمال غير أنه أعرج فدخل، علينا وسلم فقمنا، فلما أراد الجلوس، رأى فينا رجلًا يعمل مزينًا (حلاق)، فامتنع عن الجلوس وأراد أن يخرج من عندنا فمنعناه نحن وصاحب المنزل وشددنا عليه وحلف عليه صاحب المنزل وقال له:

- ما سبب دخولك وخروجك؟

فقال:

- بالله يا مولاي، لا تتعرض لي بشيء فإن سبب خروجي هذا المزين الذي هو جالس في مجلسكم.

فلما سمع منه صاحب الدعوة هذا الكلام، تعجب غاية العجب وقال:

- كيف يكون هذا الشاب من بغداد وتشوش خاطره من هذا المزين؟؟

ثم التفتنا إليه.. وقلنا له:

- إحك لنا ما سبب غيظك من هذا المزين.

فقال الشاب:

- يا جماعة إنه جرى لي مع هذا المزين أمر عجيب في بغداد بلدي وكان هو سبب عرجي وكسر رجلي، وحلفت أني ما بقيت قاعدًا في مكان ولا أسكن في بلد هو ساكن بها، وقد سافرت من بغداد، ورحلت منها، وسكنت في هذه المدينة.. وأنا الليلة لا أبيت إلا مسافر.

فقلنا:

- بالله عليك أن تحكي لنا حكايتك معه..

فاصفر لون المزين حين سألنا، وقال الشاب الأعرج:

- اعلموا يا جماعة الخير أن والدي من أكابر تجار بغداد، ولم يرزقه لله تعالى بولد غيري. فلما كبرت وبلغت مبلغ الرجال، توفي والدي إلى رحمة الله تعالى، وخلف لي مالاً وخدمًا وحشمًا، فصرت ألبس الملابس وآكل

أحسن المآكل، وكان الله سبحانه وتعالى بغضني في النساء إلى أن كنت ماشيًا يومًا من الأيام في أزقة بغداد، وإذا بجماعة تعرضوا لي في الطريق، فهربت ودخلت زقاقًا لا ينفذ وارتكنت في آخره على مصطبة، فلم أقعد غير ساعة وإذا بنافذة فتحت أمام المكان الذي أنا فيه وطلت منها صبية كالبدر في تمامه، لم أر في عمري مثلها، ولها زرع تسقيه وذلك الزرع تحت النافذة، فالتفتت يمينًا وشمالاً، ثم أغلقت النافذة وغابت عن عيني. فانطلقت في قلبي النار، واشتغل خاطري بهما، وانقلب بغضي للنساء محبة، فما زلت جالسًا في المكان إلى المغرب، وأنا غائب عن الدنيا من شدة الغرام.. وإذا بقاضي المدينة راكب وأمامه عبيد، ووراءه خدم.. فنزل ودخل البيت الذي طلت منه تلك الصبية فعرفت أنه أبوها.. ثم إني جئت منزلي وأنا مكروب، ووقعت على الفراش مهمومًا، فدخلن علي الجواري، وقعدن حولي، ولم يعرفن ما بي.. وأنا لم أبد لهن أمرًا، ولم أرد لخطابهن جوابًا. عظم مرضي، فصارت الناس تعودني، فدخلت علي عجوز.. فلما رأتني لم يخف عليها حالي، فقعدت عند رأسي ولاطفتني، وقالت لي:

- قل لي خبرك؟

فحكيت لها حكايتي..

قالت له:

- يا ولدي، إن هذه بنت قاضي بغداد، وعليها الحجر والموضع الذي رأيتها فيه هو طبقتها وأبوها له هالة في أسفل وهي وحدها، وأنا كثيرًا ما أدخل عندهم، ولن تقدر على وصالها إلا مني.. فشد حيلك.

فتجلدت، وقويت نفسي، حين سمعت حديثها، وفرح أهلي في ذلك اليوم، وأصبحت متماسك الأعضاء مرتجيًا تمام الصحة. ثم مضت العجوز ورجعت ووجهها متغيرًا.. فقالت:

- يا ولدي، لا تسأل عما جرى منها.

فلما ألححت عليها في ذلك فإنها قالت:

- لقد ذهبت إليها وكلمتها عنك.

فقالت:

- إن لم تسكتي يا عجوز النحس عن هذا الكلام لأفعلن بك ما تستحقينه.. ولا بد أن أرجع إليها ثاني مرة.

فلما سمعت ذلك منها، ازددت مرضًا على مرضي..

فلما كان بعد أيام أتت العجوز، وقالت:

- يا ولدي أريد منك البشارة.

فلما سمعت ذلك منها ردت روحي إلى جسمي، وقلت لها:
- لك عندي كل خير..
فقالت:
- إني ذهبت بالأمس إلى تلك الصبية، فلما نظرتني وأنا منكسرة الخاطر باكية العين، قالت:
- يا خالتي.. أراك ضيقة الصدر.
فلما قالت لي ذلك بكيت وقلت لها:
- يا ابنتي وسيدتي، إني أتيتك بالأمس من عند فتى يهواك وهو مشرف على الموت من أجلك..
فقالت لي وقد رق قلبها:
- ومن يكون هذا الفتى الذي تذكرينه؟
قلت:
- هو ولدي وثمرة فؤادي، ورآك من النافذة من أيام مضت، وأنت تسقين زرعك، ورآى وجهك، فهام بك عشقًا.. وأنا أول مرة، أعلمته بما جرى لي معك، فزاد مرضه ولزم الفراش، وما هو إلا ميت لا محالة..
فقالت وقد اصفر لونها:
- هل هذا كله من أجلي؟
قلت:
- نعم، والله.. فماذا تأمرين؟
قالت:
- امض إليه، وأقرئيه مني السلام، وأخبريه أن عندي أضعاف ما عنده، فإذا كان يوم الجمعة قبل الصلاة، يجيء إلى الدار وأنا أقول افتحوا له الباب، وأطلعه عندي وأجتمع أنا وإياه ساعة، ويرجع قبل مجيء والدي من الصلاة.
فلما سمعت كلام العجوز زال ما كنت أجده من الألم واستراح قلبي، ودفعت إليها ما كان علي من الثياب.. وانصرفت بعد أن قالت لي:
- طيب قلبك..
فقلت لها:
- لم يبق في شيء من الألم..
وتباشر أهل بيتي وأصحابي بعافيتي..

المزين النحس

ولم أزل كذلك إلى يوم الجمعة، وإذ بالعجوز دخلت علي وسألتني عن حالي، فأخبرتها أني بخير وعافية ثم لبست ثيابي وتعطرت ومكثت أنظر الناس يذهبون إلى الصلاة حتى أمضي إليها.. فقالت لي العجوز:

- إن معك الوقت اتساعًا زائدًا، فلو مضيت إلى الحمام وأزلت شعرك لا سيما من أثر المرض لكان في ذلك صلاحك.

فقلت لها:

- إن هذا هو الرأي الصواب، لكن أحلق رأسي أولاً.

ثم دخلت إلى الحمام، فأرسلت إلى المزين ليحلق لي رأسي. وقلت للغلام:

- امض إلى السوق وآتني بمزين يكون عاقلاً قليل الفضول لا يصدع رأسي بكثرة كلامه.

فمضى الغلام وأتى بهذا الشيخ، فلما دخل سلم علي فرددت:

- عليك السلام.

فقال:

- أذهب الله غمك وهمك والبؤس والأحزان عنك.

فقلت له:

- تقبل الله منك.

فقال:

- بشر يا سيدي فقد جاءتك العافية، أتريد تقصير شعرك أو إخراج دم، فإنه ورد عن ابن عباس أنه قال: من قصر شعره يوم الجمعة صرف الله عنه سبعين داء.. وروي أيضًا أنه قال: من أحتجم يوم الجمعة، فإنه يأمن ذهاب البصر وكثرة المرض.

فقلت له:

- دع عنك هذا الهذيان، وقم في هذه الساعة احلق لي رأسي، فإني رجل ضعيف.

فقام ومد يده وأخرج منديلاً وفتحه، وإذا فيه اصطرلاب وهو سبع صفائح فأخذه ومضى إلى وسط الدار ورفع رأسه إلى شعاع الشمس ونظر مليًا، وقال لي:

- اعلم أنه مضى من يومنا هذا وهو يوم الجمعة، وهو عاشر صفر سنة ثلاث وسبعمائة من الهجرة النبوية على صاحبها أفضل الصلاة والسلام،

وطالعه بمقتضى ما أوجبه علم الحساب المريخ سبع درج وستة دقائق، واتفق أنه يدل على أن حلق الشعر جيد جدًا.. ودل عندي على أنك تريد الإقبال على شخص وهو مسعود، لكن بعده كلام يقع وشيء لا أذكره لك.
فقلت له:
- قد أضجرتني وأزهقت روحي وفولت علي، وأنا ما طلبتك إلا لتحلق رأسي ولا تطل علي الكلام.
فقال:
- والله لو علمت حقيقة الأمر لطلبت مني زيادة البيان وأنا أشير عليك أنك تعمل اليوم بالذي آمرك به، بمقتضى حساب الكواكب، وكان سبيلك أن تحمد الله ولا تخافني، فإني ناصح لك وشفيق عليك، وأود أن أكون في خدمتك سنة كاملة وتقوم بحقي ولا أريد منك أجرة على ذلك.
فلما سمعت ذلك منه قلت له:
- إنك قاتلي في هذا اليوم، ولا محالة.
فقال:
- يا سيدي أنا الذي تسميني الناس الصامت لقلة كلامي دون إخوتي لأن أخي الكبير اسمه البقبوق والثاني الهدار والثالث بقبق والرابع اسمه الكوز الأصوني والخامس اسمه العشار والسادس اسمه شقالق والسابع اسمه الصامت، وهو أنا.
فلما زاد علي هذا المزين بالكلام، رأيت أن مرارتي انفطرت، وقلت للغلام:
- أعطه ربع دينار واصرفه عني لوجه الله، فلا حاجة إلى حلاقة رأسي.
فقال المزين حين سمع كلامي مع الغلام:
- يا مولاي، ما أظنك تعرف بمنزلتي، فإن يدي تقع رأس الملوك والأمراء والوزراء والحكماء والفضلاء، وفي مثلي قال الشاعر:

جميع الصنائع مثل العقود ... وهذا المزين در السلوك
فيعلو على كل ذي حكمة ... وتحت يديه رؤوس الملوك

فقلت:
- دع ما لا يعنيك، فقد ضيقت صدري وأشلت خاطري.
فقال:
- أظنك مستعجلاً؟
فقلت له:
- نعم.
فقال:

- تمهل على نفسك، فإن العجلة من الشيطان.. وهي تورث الندامة والحرمان.. وقد قال عليه الصلاة والسلام: خير الأمور ما كان فيه تأن، وأنا والله رابني أمرك، فأشتهي أن تعرفني ما الذي أنت مستعجل من أجله، ولعله خير فإني أخشى أن يكون شيئًا غير ذلك، وقد بقي من الوقت ثلاث ساعات.
ثم غضب ورمى الموس من يده وأخذ الاصطرلاب ومضى إلى الشمس ووقف حصة مديدة وعاد، وقال:
- قد بقي لوقت الصلاة ثلاث ساعات لا تزيد ولا تنقص.
فقلت له:
- بالله عليك، اسكت عني فقد فتت كبدي.
فأخذ الموس وسنه كما فعل أولاً وحلق بعض رأسي، ثم قال:
- أنا مهموم من عجلتك.. فلو أطلعتني على سببها، لكان خيرًا لك، لأنك تعلم أن والدك ما كان يفعل شيئًا إلا بمشورتي.
فلما علمت أن مالي منه خلاص، قلت في نفسي قد جاء وقت الصلاة، وأريد أن أمضي قبل أن تخرج الناس من الصلاة.. فإن تأخرت ساعة لا أدري أين السبيل إلى الدخول إليها.. فقلت:
- أوجز ودع عنك هذا الكلام والفضول، فإني أريد أن أمضي إلى دعوة عند أصحابي.
فلما سمع ذكر الدعوة، قال:
- يومك يوم مبارك علي.. لقد كنت البارحة حلفت علي جماعة من أصدقائي ونسيت أن أجهز لهم شيئًا يأكلونه، وفي هذه الساعة تذكرت ذلك وافضيحتاه منهم.
فقلت له:
- لا تهتم بهذا الأمر.. بعد تعريفك أنني اليوم في دعوة فكل ما في داري من طعام وشراب لك إن أنجزت أمري.. وعجلت حلاقة رأسي.
فقال:
- جزاك الله خيرًا، صف لي ما عندك لأضيافي حتى أعرفه؟
فقلت:
- عندي خمسة أوان من الطعام وعشر دجاجات محمرات وخروف مشوي.
فقال:
- أحضرها لي حتى أنظرها.
فأحضرت له جميع ذلك، فلما عاينه، قال:
- لله درك، ما كرم نفسك، لكن بقي الشراب.

فقلت له:
- عندي.
قال:
- أحضره.
فأحضرته له، فقال:
- لله درك، ما أكرم نفسك، لكن بقي البخور والطيب.
فأحضرت له درجًا فيه ندًا وعودًا وعنبر ومسك يساوي خمسين دينارًا..
وكان الوقت قد ضاق حتى صار مثل صدري، فقلت له:
- خذ هذا واحلق لي جميع رأسي بحياة محمد.
فقال المزين:
- والله ما آخذه حتى أرى جميع ما فيه.
فأمرت الغلام ففتح له الدرج، فرمى المزين الاصطرلاب من يده، وجلس
على الأرض يقلب الطيب والبخور والعود الذي في الدرج، حتى كادت
روحي أن تفارق جسمي ثم تقدم وأخذ الموسى وحلق من رأسي شيئًا يسيرًا،
وقال:
- والله يا ولدي ما أدري كيف أشكرك، لك دعوتي اليوم كلها من بعض
فضلك وإحسانك، وليس عندي من يستحق ذلك، وإنما عندي زيتون الحمامي
وصليع الفسخاني وعوكل الفوال وعكرشة البقال، وحميد الزبال وعكارش
اللبان، ولكل هؤلاء رقصة يرقصها.
فضحكت عن قلب مشحون بالغيظ، وقلت له:
- أقض شغلك، وأسير أنا في أمان الله تعالى، وتمضي أنت إلى أصحابك
فإنهم منتظرون قدومك
فقال:
- ما طلبت إلا أن أعرفك بهؤلاء القوام فإنهم من أولاد الناس الذين ما فيهم
فضولي ولو رأيتهم مرة واحدة لتركت جميع أصحابك.
فقلت:
- نعم الله سرورك بهم، ولا بد أن أحضرهم عندي يومًا.
فقال له:
- إذا أردت ذلك وقدمت دعوة أصحابك في هذا اليوم فاصبر حتى أمضي
بهذا الإكرام الذي أكرمتني به، وأدعه عند أصحابي يأكلون ويشربون ولا
ينتظرون، ثم أعود إليك وأمضي معك إلى أصدقائك، فبيني وبين أصدقائي
عشم لا يمنعني عن تركهم والعودة إليك عاجلاً، وأمضي معك أينما توجهت.

فقلت:

- لا حول ولا قوة إلا بالله العلي العظيم.. سأمضي أنا إلى أصدقائي، وأكون معهم في هذا اليوم، فإنهم ينتظرون قدومي.

فقال المزين:

- لا أدعك تمضي وحدك.

فقلت له:

- إن الموضع الذي أمضي إليه لا يقدر أحد أن يدخل فيه غيري.

فقال:

- أظنك اليوم في ميعاد واحد وإلا كنت تأخذني معك، وأنا أحق من جميع الناس، وأساعدك على ما تريد، فإني أخاف أن تدخل على امرأة أجنبية، فتروح روحك فإن هذه مدينة بغداد لا يقدر أحد أن يعمل فيها شيئًا من هذه الأشياء لا سيما في مثل هذا اليوم وهذا ولي بغداد صار عظيم.

فقلت:

- ويلك يا شيخ الشر، أي شيء هذا الكلام الذي تقابلني به.

فسكت سكوتًا طويلاً، وأدركنا وقت الصلاة وجاء وقت الخطبة، وقد فرغ من حلق رأسي. فقلت له:

- امض إلى أصحابك بهذا الطعام والشراب، وأنا سأنتظرك حتى تذهب معي.

ولم أزل أخادعه لعله يذهب، فقال لي:

- إنك تخادعني وستمضي وحدك وترمي نفسك في مصيبة لا خلاص لك منها، فبالله لا تبرح حتى أعود إليك، وأذهب معك حتى أعلم ما يتم من أمرك.

فقلت له:

- نعم، ولا تبطئ علي.

فأخذ ما أعطيته من الطعام والشراب وغيره، وخرج من عندي فسلمه إلى الحمال ليوصله إلى منزله، وأخفى نفسه في بعض الأزقة، ثم قمت من ساعتي وقد أعلنوا على المنارات بسلام الجمعة، فلبست ثيابي وخرجت وحدي، وأتيت إلى الزقاق وذهبت إلى البيت الذي رأيت فيه تلك الصبية، وإذا بالمزين خلفي ولا أعلم به، فوجدت الباب مفتوحًا فدخلت، وإذا بصاحب الدار عاد إلى منزله من الصلاة، ودخل القاعة وأغلق الباب، فقلت من أين أعلم هذا الشيطان بي؟

فاتفق في هذه الساعة، لأمر يريده الله من هتك ستري، أن صاحب الدار أذنبت جارية عنده، فضربها فصاحت، فدخل عنده عبد ليخلصها، فضربه فصاح الآخر، فاعتقد المزين أنه يضربني، فصاح ومزق أثوابه وجثا التراب على رأسه وصار يصرخ ويستغيث والناس حوله وهو يقول:
- قتل سيدي في بيت القاضي..
ثم مضى إلى داري وهو يصيح والناس خلفه، وأعلم أهل بيتي وغلماني، فما دريت إلا وهم قد أقبلوا يصيحون:
- واسيداه..
كل هذا والمزين قدامهم وهو يمزق الثياب والناس معه، ولم يزالوا يصرخون وهو في أولهم يصرخ وهم يقولوا:
- واقتيلاه.. وقد أقبلوا نحو الدار التي أنا فيها، فلما سمع القاضي ذلك عظم عليه الأمر وقام وفتح الباب فرأى جمعًا عظيمًا فبُهت، وقال:
- يا قوم، ما الأمر؟
فقال له الغلمان:
- إنك قتلت سيدنا.
فقال:
- يا قوم، وما الذي فعله سيدكم حتى أقتله؟ وما لي أرى هذا المزين بين أيديكم؟؟
فقال له المزين:
- أنت ضربته في هذه الساعة بالمقارع، وأنا سمعت صياحه..
فقال القاضي:
- وما الذي فعله حتى أقتله؟ ومن أدخله داري؟ ومن أين جاء؟ وإلى أين يقصد؟
فقال له المزين:
- لا تكن شيخًا نحسًا، فأنا أعلم الحكاية، وسبب دخوله دارك، وحقيقة الأمر كله، وبنتك تعشقه وهو يعشقها، فعلمت أنه قد دخل دارك، وأمرت غلمانك فضربوه، والله ما بيننا وبينك إلا الخليفة، أو تخرج لنا سيدنا ليأخذه أهله، ولا تحوجني إلى أن أدخل وأخرجه من عندكم، وعجل أنت بإخراجه.
فالتجم القاضي عن الكلام وصار في غاية الخجل من الناس، وقال للمزين:
- إن كنت صادقًا، فادخل أنت وأخرجه.
فنهض المزين ودخل الدار، فلما رأيت المزين، أردت أن أهرب فلم أجد لي مهربًا غير أني رأيت في الطابق الذي أنا فيه صندوقًا، فدخلت فيه ورددت

الغطاء عليه وقطعت النفس، فدخل بسرعة ولم يلتفت إلى غير الجهة التي أنا فيها، بل قصد الموضع الذي أنا فيه، والتفت يمينًا وشمالاً، فلم يجد إلا الصندوق الذي أنا فيه فحمله على رأسه. فلما رأيته فعل ذلك، غاب رشدي.. ثم مر مسرعًا، فلما علمت أنه لن يتركني فتحت الصندوق وخرجت منه بسرعة ورميت نفسي على الأرض، فانكسرت رجلي، فلما توجعت إلى الباب وجدت خلقًا كثيرًا لم أر في عمري مثل هذا الازدحام الذي حصل في ذلك اليوم.. فجعلت أنثر الذهب على الناس ليشتغلوا به، فاشتغل الناس به.. وصرت أجري في أزقة بغداد، وهذا المزين خلفي، وأي مكان دخلت فيه يدخل خلفي وهو يقول:

- أرادوا أن يفجعوني في سيدي، الحمد لله الذي نصرني عليهم، وخلص سيدي من أيديهم. فما زلت يا سيدي مولعًا بالعجلة لسوء تدبيرك حتى فعلت بنفسك هذه الأفعال.. فلولا من الله عليك بي ما كنت خلصت من هذه المصيبة التي وقعت فيها، وربما كانوا يرمونك في مصيبة لا تخلص منها أبداً، فاطلب من الله أن أعيش لك حتى أخلصك، والله لقد أهلكتني بسوء تدبيرك وكنت تريد أن تروح وحدك، ولكن لا نؤاخذك على جهلك لأنك قليل العقل وعجول.

توقفت في أحد الأزقة وقلت له:

- أما كفاك ما جرى منك حتى تجري ورائي في الأسواق.

وصرت أتمنى الموت لأجل خلاصي منه.. فلا أجد موتًا ينقذني منه، فمن شدة الغيظ، فررت ودخلت دكانًا في وسط السوق واستنجدت بصاحبها، فمنعه عني.. وجلست في مخزن وقلت في نفسي:

- ما بقيت أقدر أن أفترق عن هذا المزين، بل يقيم عندي ليلاً ونهارًا، ولم يبق عندي قدرة على النظر إلى وجهه.. فأرسلت في هذا الوقت أحضر الشهود، وكتبت وصية لأهلي، وجعلت ناظرًا عليهم وأمرته أن يبيع الدار والعقارات وأوصيته بالكبار والصغار، وخرجت مسافرًا من ذلك الوقت حتى أتخلص من ذلك الرجل. ثم جئت إلى بلادكم، فسكنتها ولي فيها مدة.. فلما عزمت علي وجئت إليكم، رأيت هذا القبيح القواد عندكم في صدر المكان.. فكيف يستريح قلبي ويطيب مقامي عندكم مع هذا؟؟ وقد فعل معي هذه الفعال، وانكسرت رجلي بسببه.. ثم أن الشاب امتنع من الجلوس.

دفاع المزين

فلما سمعنا حكايته مع المزين، قلنا للمزين:
- أحق ما قاله هذا الشاب عنك؟
فقال:
- والله أنا فعلت ذلك بمعرفتي، ولولا أني فعلت، لهلك.. وما سبب نجاته إلا أنا.. ومن فضل الله عليه بسببي أنه أصيب برجله، ولم يصب بروحه.. ولو كنت كثير الكلام، ما فعلت معه ذلك الجميل، وها أنا أقول لكم حديثًا جرى لي حتى تصدقوا أني قليل الكلام، وما عندي فضول من دون إخوتي..
قال المزين:
- كنت ببغداد في أيام خلافة أمير المؤمنين المنتصر بالله، وكان يحب الفقراء والمساكين ويجالس العلماء والصالحين، فاتفق يومًا أنه غضب على عشرة أشخاص، فأمر المتولي ببغداد أن يأتيه بهم في زورق، فرأيتهم أنا، فقلت:
- ما اجتمع هؤلاء إلا لعزومة وأظنهم يقطعون يومهم في هذا الزورق في أكل وشرب، ولا يكون نديمهم غيري..
فقمت ونزلت معهم واختلطت بهم، فقعدوا في الجانب الآخر، فجاء لهم أعوان الوالي بالأغلال، ووضعوها في رقابهم، وضعوا في رقبتي غلال من جملتهم، فهذا يا جماعة ما هو من مروءتي، وقلة كلامي، لأني ما رضيت أن أتكلم، فأخذونا جميعًا في الأغلال، وقدمونا بين يدي المنتصر بالله أمير المؤمنين.. فأمر بضرب رقاب العشرة فضرب السياف رقاب العشرة.. وبقيت أنا، فالتفت الخليفة فرآني، فقال للسياف:
- ما بالك لا تضرب رقاب جميع العشرة؟
فقال:
- ضربت رقاب العشرة كلهم.
فقال له الخليفة:
- ما أظنك ضربت رقاب غير تسعة، وهذا الذي بين يدي هو العاشر.
فقال السياف:
- وحق نعمتك أنهم عشرة.
قال:
- عدوهم إذن.
فإذا هم عشرة.. فنظر إلي الخليفة، وقال لي:

- ما حملك على سكوتك في هذا الوقت. وكيف صرت مع أصحاب الدم؟
فلما سمعت خطاب أمير المؤمنين، قلت له:

- اعلم يا أمير المؤمنين أني أنا الشيخ الصامت، وعندي من الحكمة شيء أكثر، وأما رزانة عقلي، وجودة فهمي، وقلة كلامي، فإنها لا نهاية لها.. وصنعتي الزيانة، فلما كان أمس بكرة النهار، نظرت هؤلاء العشرة قاصدين الزورق، فاختلطت بهم، ونزلت معهم، وظننت أنهم في عزومة، فما كان غير ساعة وإذا هم أصحاب جرائم، فحضر إليهم أعوانكم ووضعوا في رقابهم الأغلال، ووضعوا في رقبتي غلاً من جملتهم.. فمن فرط مروءتي، سكت ولم أتكلم بين يديك، فأمرت بضرب رقاب العشرة وبقيت أنا بين يدي السياف ولم أعرفكم بنفسي، أما هذه مروءة عظيمة وقد أحوجتني إلى أن أشاركهم في القتل لكن طول دهري هكذا أفعل الجميل.

فلما سمع الخليفة كلامي وعلم أني كثير المروءة، قليل الكلام ما عندي فضول كما يزعم هذا الشاب الذي خلصته من الأهوال، قال الخليفة:

- وإخوتك الستة، هل هم مثلك فيهم الحكمة والعلم وقلة الكلام؟

قلت:

- لا عاشوا، ولا بقوا، إن كانوا مثلي ولكنك ذممتني يا أمير المؤمنين ولا ينبغي لك أن تقرن أخوتي بي، لأنهم من كثرة كلامهم وقلة مروءتهم، كل واحد منهم بعاهة، ففيهم واحد أعرج وواحد أعور واحد أفكح وواحد أعمى وواحد مقطوع الأذنين والأنف وواحد مقطوع الشفتين وواحد أحول العينين، ولا تحسب يا أمير المؤمنين أني كثير الكلام ولا بد أن أبين لك أني أعظم مروءة منهم، ولكل واحد منهم حكاية حدثت له حتى صار فيه عاهة، وإن شئت أن أحكي لك..

الأعرج

قال المزين:

- اعلم يا أمير المؤمنين أن الأول - وهو الأعرج - كان صنعته الخياطة ببغداد، فكان يخيط في دكان استأجرها من رجل كثير المال، وكان ذلك الرجل ساكنًا في الدكان وكان في أسفل دار الرجل طاحون. فبينما أخي الأعرج جالس في الدكان ذات يوم، إذ رفع رأسه فرأى امرأة كالبدر الطالع في روشن الدار.. وهي تنظر الناس، فلما رآها أخي تعلق قلبه بحبها وصار يومه ذلك ينظر إليها، وترك اشتغاله بالخياطة إلى وقت المساء.. فلما كان وقت الصباح فتح دكانه، وقعد يخيط وهو كلما غرز غرزة ينظر إلى الروشن، فمكث على ذلك مدة لم يخيط شيئًا يساوي درهمًا، فاتفق أن صاحب الدار جاء إلى أخي يومًا من الأيام ومعه قماش، وقال له:

- فصل لي هذا، وخيطه أقمصة.

فقال أخي:

- سمعًا وطاعةً..

ولم يزل يُفصل حتى فَصل عشرين قميصًا إلى وقت العشاء، وهو لم يذق طعامًا.. فجاءه صاحب البيت وقال له:

- كم أجرة ذلك؟

فلم يتكلم أخي، حيث أشارت إليه الصبية بعينها أن لا يأخذ منه شيئًا، وكان محتاجًا إلى المال.. واستمر ثلاثة أيام لا يأكل ولا يشرب إلا القليل، بسبب اجتهاده في تلك الخياطة، فلما فرغ من الخياطة التي لهم، أتى إليهم بالأقمصة، وكانت الصبية قد عرفت زوجها بحال أخي وأخي لا يعلم ذلك.. واتفقت هي وزوجها على استغلال أخي في الخياطة بلا أجرة، بل يضحكون عليه. فلما فرغ أخي من جميع أشغالهما، عملا عليه حيلة وزوجاه بجاريتهما.. وليلة الدخله عليها، قالا له:

- اقض الليلة في الطاحون، وإلى الغد يكون خيرًا!

فاعتقد أخي أن لهما قصدًا بريئًا، فبات في الطاحون وحده، وراح زوج الصبية يغمز الطحان عليه ليدوره في الطاحون، فدخل عليه الطحان في نصف الليل وجعل يقول:

- أين هذا الثور البطال، أن القمح كثير وأصحاب الطحين يطلبونه، فأنا أعلقه في الطاحون حتى يخلص طحين القمح.

فعلق أخي في الطاحون إلى قرب الصبح. فجاء صاحب الدار، فرأى أخي معلقاً في الطاحون والطحان يضربه بالسوط كأنه الثور، فتركه ومضى.. وبعد ذلك، جاءت الجارية التي عقد عليها، وكان مجيئها في بكرة النهار، فحلته من الطاحون وقالت:

- قد شق علي أو على سيدتي ما جرى لك، وقد حملنا همك.

فلم يكن له لسان يرد جوابًا من شدة الضرب، ثم أن أخي رجع إلى منزله، وإذا بالشيخ الذي كتب الكتاب قد جاء وسلم عليه وقال له:

- حياك الله، زواجك مبارك، أنت بت الليلة في النعيم والدلال والعناق من العشاء إلى الصباح.

فقال له أخي:

- لا سلم الله الكاذب، يا قواد، والله ما جئت إلا لأطحن في موضع الثور إلى الصباح..

فقال له:

- حدثني بحديثك.

فحدثه أخي بما وقع له..

فقال له:

- ما وافق نجمك نجمها، ولكن إذا شئت أن أغير لك عقد العقد.. أغيره لك بأحسن منه لأجل أن يوافق نجمك نجمها..

فقال له:

- أنظر إن بقي لك حيلة أخرى.

فتركه وأتى إلى دكانه ينتظر أحدًا يأتي إليه بشغل يتقوت من أجرته، وإذا بالجارية قد أتت إليه، وكانت اتفقت مع سيدتها على تلك الحيلة.. فقالت له:

- إن سيدتي مشتاقة إليك، وقد طلعت السطح لترى وجهك من الروشن.

فلم يشعر أخي إلا وهي قد طلعت له من الروشن، وصارت تبكي، وتقول:

- لأي شيء قطعت المعاملة، بيننا وبينك؟؟

فلم يرد عليها جوابًا. فحلفت له أن جميع ما وقع له في الطاحون لم يكن باختيارها، فلما نظر أخي إلى حسنها وجمالها، ذهب عنه ما حصل له، وقبل عذرها وفرح برؤيتها.. ثم سلم عليها وتحدث معها، وجلس في خياطتها مدة، وبعد ذلك ذهبت إليه الجارية وقالت له:

- سيدتي تسلم عليك، وتقول لك: إن زوجها قد عزم على أن يبيت عند بعض أصدقائه في هذه الليلة، فإذا مضى عندهم، تكون أنت عندنا وتبيت مع سيدتي في ألذ عيش إلى الصباح..

وكان زوجها قد قال لها:

- ما يكون العمل في مجيئه عندك حتى آخذه وأجره إلى الوالي..

فقالت:

- دعني أحتال عليه بحيلة وأفضحه فضيحة يشتهر بها في هذه المدينة. وأخي لا يعلم شيئًا من كيد النساء. فلما أقبل المساء جاءت الجارية إلى أخي وأخذته، ورجعت به إلى سيدتها، فقالت له السيدة:

- والله يا سيدي إني مشتاقة إليك كثيرا.،

فقال:

- بالله عليك، عجلي بقبلة قبل كل شيء..

فلم يتم كلامه، إلا وقد حضر زوج الصبية من بيت جاره فقبض على أخي، وقال له:

- لا أفارقك إلا عند صاحب الشرطة.

فتضرع إليه أخي، فلم يسمعه، بل حمله إلى دار الوالي فضربه بالسياط وأركبه جملاً ودوره في شوارع المدينة، والناس ينادون عليه:

- هذا جزاء من يهيم على حرائم الناس..

ووقع من فوق الجمل فانكسرت رجله فصار أعرج، ثم نفاه الوالي من المدينة، فخرج لا يدري أين يقصد، فاغتظت أنا، فلحقته وأتيت به، والتزمت بأكله وشربه إلى الآن..

فضحك الخليفة من كلامي وقال:

- أحسنت..

فقلت:

- لا أقبل هذا التعظيم حتى أحكي لك ما وقع لبقية أخوتي ولا تحسب أني كثير الكلام..

فقال الخليفة:

- حدثني بما وقع لجميع أخوتك وشنف مسامعي بهذه الرقائق، واسلك سبيل الإطناب في ذكر هذه اللطائف.

الساذج

فقلت:

- اعلم يا أمير المؤمنين أن أخي الثاني كان اسمه بقبق، وقد وقع له أنه كان ماشيًا يومًا من الأيام متوجهًا إلى حاجة له، وإذا بعجوز قد استقبلته، وقالت له:

- أيها الرجل، قف قليلاً حتى أعرض عليك أمرًا، فإن أعجبك فاقضه لي.

فوقف أخي.. فقالت له:

- أدلك على شيء،، وأرشدك إليه، بشرط أن لا يكون كلامك كثيرًا.

فقال لها أخي:

- هات ما عندك..

قالت:

- ما قولك في دار حسنة، وماؤها يجري، وفاكهة مدام، ووجه مليح تشاهده، وخد أسيل تقبله، وقد رشيق تعانقه، ولم تزل كذلك من العشاء إلى الصباح، فإن فعلت ما أشترط عليك، رأيت الخير.

فلما سمع أخي كلامها، قال لها:

- يا سيدتي، وكيف قصدتيني بهذا الأمر من دون الخلق أجمعين؟؟ فأي شيء أعجبك مني؟

فقالت لأخي:

- أما قلت لك لا تكن كثير الكلام، واسكت وامض معي.

ثم ولت العجوز، وسار أخي تابعًا لها، طمعًا فيما وصفته له، حتى دخلا دارًا فسيحة، وصعدت به من أدنى إلى أعلى.. فرأى قصرًا ظريفًا، فنظر أخي، فرأى فيه أربع بنات ما رأى الراؤون أحسن منهن، وهن يغنين بأصوات تطرب الحجر الأصم.. ثم إن بنتًا منهن شربت قدحًا، فقال لها أخي:

- بالصحة والعافية.

وقام ليخدمها، فمنعته من الخدمة ثم سقته قدحًا، وصفعته على رقبته. فلما رأى أخي ذلك، خرج غاضبًا، فتبعته العجوز، وجعلت تغمزه بعينها أن ارجع، فرجع وجلس ولم ينطق.. فتلقى صفعة أخرى على قفاه، إلى أن أغمي عليه.. وعندما أفاق، قام أخي لقضاء حاجته، فلحقته العجوز، وقالت له:

- اصبر قليلاً حتى تبلغ ما تريد.

فقال لها أخي:

- إلى كم أصبر قليلاً؟

فقالت العجوز:

- إذا سكرت، بلغت مرادك.

فرجع أخي إلى مكانه، فقامت البنات كلهن، وأمرتهن العجوز أن يجردنه، من ثيابه وأن يرششن على وجهه ماء ورد، ففعلن ذلك.. فقالت الصبية البارعة الجمال منهن:

- أعزك الله، قد دخلت منزلي، فإن صبرت على شرطي، بلغت مرادك.

فقال لها أخي:

- يا سيدتي، أنا عبدك، وفي قبضة يدك.

فقالت له:

- اعلم أن الله قد شغفني بحب المطرب، فمن أطاعني نال ما يريد.

ثم أمرت الجواري أن يغنين، فغنين حتى طرب المجلس، ثم قالت الجارية:

- خذي سيدك واقض حاجته وآتيني به في الحال، فأخذت الجارية أخي، ولا يدري ما تصنع به، فلحقته العجوز وقالت له:

- اصبر ما بقي إلا القليل.

فأقبل أخي على الصبية، والعجوز تقول:

- اصبر فقد بلغت ما تريد، وإنما بقي شيء واحد، وهو أن تحلق ذقنك.

فقال لها أخي:

- وماذا أعمل في فضيحتي بين الناس؟

فقالت له العجوز:

- إنها ما أرادت أن تفعل بك ذلك إلا لأجل أن تصير أمرد بلا ذقن، ولا يبقى في وجهك شيء يشكها، فإنها صار في قلبها لك محبة عظيمة، فاصبر فقد بلغت المنى.

فصبر أخي وطاوع الجارية وحلق ذقنه، وجاءت به إلى الصبية وإذا هو محلوق الحاجبين والشارب والذقن، فقام ورقص، فلم تدع في البيت مخدة حتى ضربته بها، وكذلك جميع الجواري صرن يضربنه إلى أن سقط على الأرض من الضرب، ولم يزل الصفع على قفاه والرجم في وجهه إلى أن قالت له العجوز:

- الآن بلغت مرادك، واعلم أنه ما بقي عليك من الضرب شيء، وما بقي إلا شيء واحد.. وذلك أن من عادتها أنها إذا سكرت، لا تمكن أحدًا من نفسها حتى تقلع ثيابها وسراويلها وتبقى عريانة من جميع ما عليها وأنت الآخر

تقلع ثيابك وتجري ورائها وهي تجري قدامك كأنها هاربة منك، ولم تزل تطاردها من مكان إلى مكان حتى يقوم عضوك فتمكنك من نفسها..

ثم قالت له:

ـ قم اقلع ثيابك..

فقام وهو غائب عن الوجود وقلع ثيابه جميعًا، وصار عريانًا، فقالت الجارية لأخي:

ـ قم الآن واجر ورائي، وأجري أنا قدامك، وإذا أردت شيئًا، فاتبعني.

فجرت قدامه وتبعها ثم جعلت تدخل من محل إلى محل، وتخرج من محل إلى محل آخر، وأخي وراءها وقد غلبه الشوق وعضوه قائم كأنه مجنون.. ولم تزل تجري قدامه وهو يجري وراءها، حتى سمع منها صوتًا رقيقًا وهي تجري قدامه، وهو يجري وراءها، فبينما هو كذلك إذ رأى نفسه في وسط زقاق، وذلك الزقاق في وسط الجلادين وهم ينادون على الجلود فرآه الناس على تلك الحالة وهو عريان قائم العضو محلوق الذقن والحواجب والشوارب، محمر الوجه، فصاحوا عليه، وصاروا يضحكون ويقهقهون، وصار بعضهم يصفعه بالجلود وهو عريان حتى غشي عليه، وحملوه على حمار حتى أوصلوه إلى الوالي..

فقال:

ـ ما هذا؟

قالوا:

ـ هذا وقع لنا من بيت الوزير، وهو على هذه الحالة.

فضربه الوالي مائة سوط ثم طرده من المدينة، فخرجت أنا خلفه، وجئت به، وأدخلته المدينة سرًا، ثم رتبت له ما يقتات به، فلولا مروءتي ما كنت أحتمل مثله.

فضحك الخليفة من كلامي وقال:

ـ أحسنت..

الأعمى

وأما أخي الثالث فاسمه ققة. ساقه القضاء والقدر إلى دار كبيرة، فدق الباب طمعًا أن يكلمه صاحبها، فيسأله شيئًا، فقال صاحب الدار:
- من بالباب؟
فلم يكلمه أحد، فسمعه أخي يقول بصوت عال:
- من هذا؟
فلم يكلمه أخي وسمع مشيه حتى وصل إلى الباب، وفتحه، فقال لأخي:
- ماتريد؟
قال له أخي:
- شيئًا لله تعالى.
فقال له:
- هل أنت ضرير؟
قال له أخي:
- نعم.
فقال له:
- ناولني يدك..
فناوله يده، فأدخله الدار، ولم يزل يصعد به من سلم إلى سلم حتى وصل إلى أعلى السطوح، وأخي يظن أنه يطعمه شيئًا.. فلما انتهى إلى أعلى مكان، قال لأخي:
- ما تريد يا ضرير؟؟
قال:
- أريد شيئًا لله تعالى..
فقال صاحب المنزل:
- يفتح الله عليك..
فقال له أخي:
- يا هذا..
أما كنت تقول لي ذلك وأنا في الأسفل؟؟ فقال له:
- يا أسفل السفلة، لم تسألني شيئًا لله حين سمعت ندائي أول امرة وأنت تدق الباب.
فقال أخي:

ـ هذه الساعة ما تريد أن تصنع بي؟
فقال له:
ـ ما عندي شيء حتى أعطيك إياه..
قال:
ـ انزل بي إلى السلالم.
فقال له:
ـ الطريق بين يديك.
فقام أخي واستقبل السلالم.. وما زال نازلاً حتى بقي بينه وبين الباب عشرون
درجة، فزلقت رجله فوقع، ولم يزل واقعًا منحدرًا من السلالم حتى انشج
رأسه، فخرج وهو لا يدري أين يذهب.. فلحقه بعض رفقائه العميان، فقالوا
له:
ـ أي شيء حصل لك في هذا اليوم؟
فحدثهم بما وقع له، وقال لهم:
ـ يا إخوتي، أريد أن آخذ شيئًا من الدراهم التي بقيت معنا، وأنفق منه على
نفسي.
وكان صاحب الدار مشى خلفه ليعرف حاله فسمع كلامه، وأخي لا يدري
بأن الرجل يسعى خلفه إلى أن دخل مكانه، ودخل الرجل خلفه وهو لا يشعر
به، وقعد أخي ينتظر رفقاءه.. فلما دخلوا عليه، قال لهم:
ـ أغلقوا الباب وفتشوا البيت كيلا يكون أحد غريب تبعنا.
فلما سمع الرجل كلام أخي قام وتعلق بحبل كان في السقف، فطافوا البيت
جميعه فلم يجدوا أحدًا. ثم رجعوا وجلسوا إلى جانب أخي، وأخرجوا الدراهم
التي معهم وعدوها، فإذا هي عشرة آلاف درهم.. فتركوها في زاوية البيت،
وأخذ كل واحد مما زاد عنها، ما يحتاج إليه ودفنوا العشرة آلاف درهم في
التراب.. ثم قدموا بين أيديهم شيئًا من الأكل وقعدوا يأكلون، فأحس أخي
بصوت غريب في جهته، فقال للأصحاب:
ـ هل معنا غريب؟؟
ثم مد يده فتعلقت بيد الرجل صاحب الدار.. فصاح على رفقائه، وقال:
ـ هذا غريب.
فوقعوا عليه ضربًا.. فلما طال عليهم ذلك، صاحوا:
ـ يا مسلمين دخل علينا من يريد أن يأخذ مالنا.. فاجتمع عليهم خلق، فتعامى
الرجل الغريب صاحب الدار الذي ادعوا عليه أنه لص، وأغمض عينيه
وأظهر أنه أعمى مثلهم.. بحيث لا يشك فيه أحد وصاح:

- يا مسلمين أنا بالله والسلطان، أنا بالله والوالي، أنا بالله والأمير، فإن عندي نصيحة للأمير.

فلم يشعروا إلا وقد احتاطهم جماعة الوالي، فأخذوهم وأخي معهم وأحضروهم بين يديه.. فقال الوالي:

- ما خبركم؟

فقال ذلك الرجل:

- اسمع كلامي أيها الوالي، فلا يظهر لك حقيقة حالنا إلا بالعقوبة. وإن شئت، فابدأ بعقوبتي قبل رفاقي.

فقال الوالي:

- اطرحوا هذا الرجل واضربوه بالسياط، فطرحوه وضربوه.

فلما أوجعه الضرب، فتح إحدى عينيه، فلما ازداد عليه الضرب، فتح عينه الأخرى.. فقال له الوالي:

- ما هذا الفعل يا فاجر؟

فقال الرجل (صاحب البيت الذي يتظاهر بالعمى):

- أعطني الأمان وأنا أخبرك.

فأعطاه الأمان، فقال:

- نحن أربعة نعمل حالنا عميانًا، ونمر على الناس وندخل البيوت، وننظر النساء ونحتال في فسادهن، واكتساب الأموال من طرقهن وقد حصلنا من ذلك مكسبًا عظيمًا، وهو عشرة آلاف درهم..

فقلت لرفاقي:

- أعطوني حقي، ألفين وخمسمائة، فقاموا وضربوني، وأخذوا مالي وأنا مستجير بالله وبك.. وأنت أحق بحصتي من رفاقي، وإن شئت أن تعرف صدق قولي، فاضرب كل واحد أكثر مما ضربتني، فإنه يفتح عينيه ..

فعند ذلك، أمر الوالي بعقوبتهم.. وأول ما بدأ بأخي.. وما زالوا يضربونه حتى كاد أن يموت، ثم قال لهم الوالي:

- يا فسقة.. تجحدون نعمة الله وتدعون أنكم عميان؟؟

فقال أخي:

- الله، الله، والله ما فينا بصير..

فطرحوه إلى الضرب ثانيةً، ولم يزالوا يضربونه، حتى غشي عليه.. فقال الوالي:

- دعوه حتى يفيق، وأعيدوا عليه الضرب ثالث مرة.

ثم أمر بضرب أصحابه كل واحد أكثر من ثلاثمائة عصا وصاحب البيت يقول لهم:

- افتحوا عيونكم، وإلا جددوا عليكم الضرب..

ثم قال للوالي:

- ابعث معي من يأتيك بالمال، فإن هؤلاء ما يفتحون أعينهم ويخافون من فضيحتهم بين الناس..

فبعث الوالي معه من أتاه بالمال، فأخذه وأعطى الرجل منه ألفين وخمسمائة درهم، على قدر حصته رغمًا عنهم، وبقي أخي وباقي الثلاثة خارج المدينة، فخرجت أنا يا أمير المؤمنين، ولحقت أخي وسألته عن حاله، فأخبرني بما ذكرته لك، فأدخلته المدينة سرًا ورتبت له ما يأكله وما يشربه طول عمره.

فضحك الخليفة من حكايتي، ونادى:

- أعطوه بجائزة ودعوه ينصرف..

فقلت له:

- والله ما آخذ شيئًا حتى أبين لأمير المؤمنين ما جرى لبقية أخوتي، وأوضح له أني قليل الكلام..

فقال الخليفة:

- أصدع آذاننا بخرافة خبرك، وزدنا من عجرك وبجرك..

الأعور

قال المزين:

- وأما أخي الرابع يا أمير المؤمنين، وهو الأعور فإنه كان جزارًا ببغداد يبيع اللحم ويربي الخرفان.. وكانت الكبار وأصحاب الأموال يقصدونه ويشترون منه اللحم، فاكتسب من ذلك مالاً عظيمًا، واقتنى الدواب والدور.. ثم أقام على ذلك زمنًا طويلاً، فبينما هو في دكانه يومًا من الأيام، إذ وقف عنده شيخ كبير اللحية، فدفع له دراهم، وقال:

- أعطني بها لحمًا.

فأخذ الدراهم منه، وأعطاه اللحم، وانصرف، فتأمل أخي في فضة الشيخ، فرأى دراهمه بيضاء بياضها ساطع، فعزلها وحدها، وأصبح الشيخ يتردد عليه خمسة أشهر، وأخي يطرح دراهمه في صندوق وحدها.. ثم أراد أن يخرجها ويشتري غنمًا، فلما فتح الصندوق رأى ما فيه ورقًا أبيض مقصوصًا، فلطم وجهه وأخذ في الصياح والولولة، فاجتمع الناس عليه فحدثهم بحديثه، فتعجبوا منه.. ثم رجع أخي إلى الدكان على عادته، فذبح كبشًا وعلقه خارج الدكان، وصار يقول في نفسه:

- لعل ذلك الشيخ يجيء فأقبض، عليه.

فما كان إلا ساعة، وقد أقبل الشيخ ومعه الفضة.. فقام أخي وتعلق به وصار يصيح:

- يا مسلمين الحقوني واسمعوا قصتي مع هذا الفاجر.

فلما سمع الشيخ كلامه، قال له:

- أي شيء أحب إليك: أن تعرض عن فضيحتي أو أفضحك بين الناس؟

فقال له أخي:

- يا أخي بأي شيء تفضحني؟

قال:

- بأنك تبيع لحم الناس في صورة لحم الغنم..

فقال له:

- يا فاسق.. كذبت يا ملعون..

فقال الشيخ:

- ما ملعون إلا الذي عنده رجل معلق في الدكان.

فقال له أخي:

- إن كان الأمر كما ذكرت، مالي ودمي حلال لك..

فقال الشيخ:

- يا معشر الناس، إن هذا الجزار يذبح الآدميين ويبيع لحمهم في صورة لحم الغنم.. وإن أردتم أن تعلموا صدق قولي فادخلوا دكانه.

فهجم الناس على دكان أخي فرأوا ذلك الكبش صار إنسانًا معلقًا.. فلما رأوا ذلك، قبضوا على أخي، وصاحوا عليه:

- يا كافر، يا فاجر.

وصار أعز الناس إليه يضربه.. ولطمه الشيخ على عينه، فقلعها.. وحمل الناس ذلك المذبوح إلى صاحب الشرطة، فقال له الشيخ:

- أيها الأمير.. إن هذا الرجل يذبح الناس ويبيع لحمهم على أنه لحم غنم، وقد أتيناك به، فقم واقض حق الله عز وجل..

فدافع أخي عن نفسه فلم يسمع منه صاحب الشرطة.. بل أمر بضربه خمسمائة عصا، وأخذوا جميع ماله ولولا كثرة ماله لقتلوه، ثم نفوا أخي من المدينة، فخرج هائمًا لا يدري أين يتوجه، فدخل مدينة كبيرة واستحسن أن يعمل إسكافيًا.. ففتح دكانًا وقعد يعمل شيئًا يتقوت منه، فخرج ذات يوم في حاجة فسمع صهيل خيل.. فبحث على سبب ذلك، فقيل له أن الملك خارج إلى الصيد والقنص، فخرج أخي ليتفرج على الموكب، فالتفت الملك فوقعت عينه على عين أخي، فأطرق الملك رأسه، وقال:

- أعوذ بالله من شر هذا اليوم..

وثنى عنان فرسه، وانصرف راجعًا، فرجع جميع العسكر، وأمر الملك غلمانه أن يلحقوا أخي ويضربوه، فلحقوه وضربوه ضربًا وجيعًا حتى كاد أن يموت.. ولم يدر أخي السبب، فرجع إلى موضعه وهو في حالة العدم.. ثم مضى إلى إنسان من حاشية الملك، وقص عليه ما وقع له، فضحك حتى استلقى على قفاه، وقال له:

- يا أخي.. اعلم أن الملك لا يطيق أن ينظر إلى أعور، لا سيما إن كان العور في العين اليسرى، فإنه لا يرجع عن قتله..

فلما سمع أخي ذلك الكلام، عزم على الهروب من تلك المدينة.. وارتحل منها وسافر إلى مدينة أخرى لم يكن فيها ملك مجنون. وأقام بها زمنًا طويلاً، ثم بعد ذلك، تفكر في أمره، وخرج يومًا ليتفرج، فسمع صهيل خيل خلفه، فقال:

- جاء أمر الله..

وفر يطلب موضعًا ليستتر، فيه فلم يجد. فجرى إلى أبواب المدينة وهرب في الصحراء، وكتب إلي يستنجد بي، فأتيت إليه وأخذته وأدخلته المدينة سرًا، ورتبت له ما يأكل وما يشرب حتى نهاية عمره. وهو مقيم عندي..

مقطوع الأذنين

وأما أخي الخامس فإنه كان مقطوع الأذنين، يا أمير المؤمنين وكان رجلاً فقيرًا يسأل الناس ليلاً وينفق ما يحصله بالسؤال نهارًا.. وكان والدنا شيخًا كبيرًا طاعنًا بالسن، فخلف لنا سبعمائة درهم وأما أخي الخامس هذا، فإنه لما أخذ حصته، تحير ولم يدر ما يصنع بها.. فبينما هو كذلك، إذ وقع في خاطره أنه يشتري بها زجاجًا من كل نوع ليتاجر فيه ويربح، فاشترى بالمائة درهم زجاجًا، وجعله في قفص كبير وقعد في موضع ليبيع ذلك الزجاج، وبجانبه حائط فأسند ظهره إليها وقعد متفكرًا في نفسه وقال:

- إن رأس مالي في هذا الزجاج مائة درهم، أنا أبيعه بمائتي درهم.. ثم أشتري بالمائتي درهم زجاجًا أبيعه بأربعمائة درهم، ولا أزال أبيع وأشتري إلى أن يبقى معي مال كثير، فأشتري دارًا حسنة، وأشتري المماليك والخيل والسروج المذهبة وآكل وأشرب، ولا أدع مغنية في المدينة، حتى أجيء بها إلى بيتي وأسمع مغانيها..

هذا كله وهو يحسب في نفسه، وقفص الزجاج قدامه. ثم قال:

- وابعث جميع الخاطبات في خطبة بنات الملوك والوزراء، واخطب بنت الوزير، فقد بلغني أنها كاملة الحسن، بديعة الجمال وأمهرها بألف دينار. فإن رضي أبوها، حصل المراد.. وإن لم يرض، أخذتها قهرًا على رغم أنفه.. فإن حصلت على داري، اشتري عشرة خدام صغار، ثم اشتري لي كسوة الملوك والسلاطين، وأصوغ لي سرجًا من الذهب، مرصعًا بالجوهر.. ثم أركب ومعي المماليك يمشون حولي وقدامي وخلفي.. حتى إذا رآني الوزير، قام إجلالاً لي، وأقعدني مكانه، ويقعد هو دوني لأنه صهري، ويكون معي خادمان بكيسين، في كل كيس ألف دينار، فأعطيه ألف دينار مهر بنته، وأهدي إليه الألف الثاني إنعامًا.. حتى أظهر له مروءتي، وكرمي، وصغر الدنيا في عيني.. ثم أنصرف إلى داري، فإذا جاء أحد من أقارب زوجتي، وهبت له دراهم، وخلعت عليه خلعة.. وإن أرسل إلي الوزير هدية، رددتها عليه.. ولو كانت نفيسة، ولم أقبل منه حتى يعلموا أني عزيز النفس.. ولا أخلي نفسي إلا في أعلى مكانة.. ثم أقدم إليهم في إصلاح شأني وتعظيمي. فإذا فعلوا ذلك، أمرتهم بزفافها، ثم أصلح داري إصلاحًا بينًا.. فإذا جاء وقت الجلاء، لبست أفخر ثيابي وقعدت على مرتبة من الديباج، لا ألتفت يمينًا ولا شمالاً لكبرعقلي، ورزانة فهمي.. وتجيء امرأتي وهي

كالبدر في حليها وحللها.. وأنا أنظر إليها عجبًا وتيهًا، حتى يقول جميع من حضر:
- يا سيدي.. امرأتك وجاريتك قائمة بين يديك، فأنعم عليها بالنظر.. فقد أضر بها القيام..
ثم يقبلون الأرض قدامي مرارًا، فعند ذلك أرفع رأسي وأنظر إليها نظرة واحدة، ثم أطرق برأسي إلى الأرض.. فيمضون بها وأقوم أنا وأغير ثيابي وألبس أحسن مما كان علي.. فإذا جاءوا بالعروسة المرة الثانية، لا أنظر إليها حتى يسألوني مرارًا، فأنظر إليها ثم أطرق إلى الأرض.. ولم أزل كذلك حتى يتم جلاؤها.. ثم آمر بعض الخدامين أن يرمي كيسًا فيه خمسمائة دينار للمواشط، فإذا أخذته، آمرهن أن يدخلنني عليها، لا أنظر إليها ولا أكلمها احتقارًا لها لأجل أن يقال أني عزيز النفس.. حتى تجيء أمها وتقبل رأسي ويدي وتقول لي:
- يا سيدي.. انظر جاريتك، فإنها تشتهي قربك،
فأجبر خاطرها بكلمة، فلم أرد عليها جوابًا، ولم تزل كذلك تستعطفني، حتى تقوم وتقبل يدي ورجلي مرارًا.. ثم تقول: يا سيدي، إن ابنتي صبية مليحة، ما رأت رجلاً، فإذا رأت منك الانقباض، انكسر خاطرها.. فمل إليها وكلمها، ثم إنها تقوم وتحضر لي قدحًا وفيه شرابًا.. ثم إن ابنتها تأخذ القدح لتعطيني، فإذا جاءتني، تركتها قائمة بين يدي وأنا متكئ على مخدة مزركشة بالذهب، لا أنظر إليها من كبر نفسي، وجلالة قدري، حتى تظن في نفسها أني سلطان عظيم الشأن.. فتقول:
- يا سيدي.. بحق الله عليك، لا ترد القدح من يد جاريتك.
فلا أكلمها، فتلح علي، وتقول:
- لا بد من شربه..
وتقدمه إلى فمي فأنفض يدي في وجهها، وأرفسها.. وأعمل هكذا..
ثم أرفس أخي برجله فجاءت الرفسة في قفص الزجاج، وكان على قوائم مرتفعة، فنزل على الأرض، فتكسر كل ما فيه. ثم قال أخي:
- هذا كله من كبر نفسي.. ثم بعد ذلك صار أخي يلطم على وجهه ومزق ثيابه وجعل يبكي ويلطم على وجهه، والناس ينظرون إليه وهم رائحون إلى صلاة الجمعة، فمنهم من يرمقه ومنهم من لم يفكر فيه.. وهو على تلك الحالة، وراح منه رأس المال والربح ولم يزل جالسًا يبكي.. وإذا بامرأة مقبلة إلى صلاة الجمعة، وهي بديعة الجمال تفوح منها رائحة المسك، وتحتها بغلة بردعتها من الديباج مزركشة بالذهب، ومعها عدد من الخدم

فلما نظرت إلى الزجاج وحال أخي وبكائه، أخذتها الشفقة عليه ورق قلبها له، وسألت عن حاله، فقيل لها:
- إنه كان معه بعض زجاج يتعيش منه، فانكسر منه، فأصابه ما تنظريه.
فنادت بعض الخدام وقالت له:
- ادفع الذي معك إلى هذا المسكين..
فدفع له صرة، فأخذها، فلما فتحها، وجد فيها خمسمائة دينار.. فكاد أن يموت من شدة الفرح. وأقبل أخي بالدعاء لها ثم، عاد إلى منزله غنيًا وقعد متفكرًا..
وإذا بطارق يدق الباب، فقام وفتح، وإذا بعجوز لا يعرفها، قالت له:
- يا ولدي.. اعلم أن الصلاة قد قرب زوال وقتها، وأنا بغير وضوء، وأطلب منك أن تدخلني منزلك حتى أتوضأ.
فقال لها:
- سمعًا وطاعةً.
ثم دخل أخي وأذن لها بالدخول وهو طائر من الفرح بالدنانير، فلما فرغت أقبلت إلى الموضع الذي هو جالس فيه، وصلت هناك ركعتين، ثم دعت لأخي دعاء حسنًا.. شكرها على ذلك، وأعطاها دينارين، فلما رأت ذلك، قالت:
- سبحان الله.. أني أعجب.. لماذا أحبتك تلك السيدة وأنت في منزلة الصعاليك، فخذ مالك عني، وإن كنت غير محتاج إليه فاردده إلى التي أعطتك إياه لما انكسر الزجاج.
فقال لها أخي:
- يا أمي كيف الحيلة في الوصول إليها؟
قالت:
- يا ولدي.. إنها تميل إليك، لكنها زوجة رجل موسر.. فخذ جميع مالك معك، فإذا اجتمعت بها، فلا تترك شيئًا من الملاطفة والكلام الحسن، إلا وتفعله معها.. فإنك تنال من جمالها، ومن مالها جميع ما تريد.
فأخذ أخي جميع الذهب، وقام ومشى مع العجوز، وهو لا يصدق بذلك.. فلم يزل يمشي وراءها حتى وصلا إلى باب كبير، فدقته، فخرجت جارية رومية وفتحت الباب. دخلت العجوز، وأمرت أخي بالدخول، فدخل دارًا كبيرة..
فلما دخلها رأى فيها مجلسًا كبيرًا مفروشًا وسائد مسبلة. فجلس أخي ووضع الذهب بين يديه، ووضع عمامته على ركبته، فلم يشعر إلا وجارية أقبلت ما رأى مثلها الراؤون.. وهي لابسة أفخر القماش.. فقام أخي على قدميه، فلما رأته ضحكت في وجهه وفرحت به، ثم ذهبت إلى الباب وأغلقته.. ثم أقبلت

على أخي وأخذت يده ومضيا جميعًا إلى أن دخلا إلى حجرة منفردة، وإذا هي مفروشة بأنواع الديباج، فجلس أخي وجلست بجانبه ولاعبته بعض الوقت، ثم قامت وقالت له:

- لا تبرح حتى آتي إليك..

وغابت عنه ساعة فبينما هو كذلك، إذ دخل عليه عبد أسود عظيم الخلقة، ومعه سيف مجرد يأخذ لمعانه بالبصر، وقال لأخي:

- يا ويلك.. من جاء بك إلى هذا المكان يا أخس الإنس.. يا ابن الزنا.. وتربية الخنا..

فلم يقدر أخي أن يرد عليه جوابًا، بل انعقد لسانه في تلك الساعة.. فأخذه العبد وأعراه، ولم يزل يضربه بالسيف صحفًا ضربات متعددة أكثر من ثمانين ضربة، إلى أن سقط من طوله على الأرض، فرجع العبد عنه واعتقد أنه مات وصاح صيحة عظيمة بحيث ارتجت الأرض من صوته، ودوى له المكان وقال:

- أين الملح؟

فأقبلت إليه جارية في يدها طبق مليح فيه ملح أبيض، فصارت الجارية تأخذ من ذلك الملح وتحشر الجراحات التي في جلد أخي.. حتى تهورت، وأخي لا يتحرك خيفة أن يعلموا أنه حي فيقتلوه.. ثم مضت الجارية، وصاح العبد صيحة مثل الأولى، فجاءت العجوز إلى أخي، وجرته من رجليه إلى سرداب طويل مظلم، ورمته على جثث رجال مقتولين، فاستقر في مكانه يومين كاملين، وكان الله سبحانه وتعالى جعل الملح سببًا لبقائه على قيد الحياة لأنه قطع سيلان عروق الدم. فلما رأى أخي في نفسه القوة على الحركة، قام من السرداب وفتح طاقة في الحائط، وخرج من مكان القتلى، وأعطاه الله عز وجل الستر فمشى في الظلام واختفى في هذا الدهليز إلى الصبح.. فلما كان وقت الصبح، خرجت العجوز في طلب سيد آخر، فخرج أخي في أثرها وهي لا تعلم به، حتى أتى منزله ولم يزل يعالج نفسه حتى بريء.. ولم يزل يتتبع العجوز وينظر إليها كل وقت وهي تأخذ الناس واحد بعد واحد وتوصلهم إلى تلك الدار، وأخي لا ينطق بشيء، ثم لما رجعت إليه صحته وكملت قوته، عمد إلى خرقة وعمل منها كيسًا وملأه زجاجًا وشده في وسطه، وتنكر حتى لا يعرفه أحد.. ولبس ثياب العجم وأخذ سيفًا، وجله تحت ثيابه.. فلما رأى العجوز، قال لها بكلام العجم:

- يا عجوز.. هل عندك ميزان يسع تسعمائة دينار؟

فقالت العجوز:

- لي ولد صغير يعمل صيرفي، عنده سائر الموازين.. فامض معي إليه قبل أن يخرج من مكانه حتى يزن لك ذهبك.

فقال أخي:

- امش قدامي..

فسارت وسار أخي خلفها حتى أتت الباب، فدقته فخرجت الجارية وضحكت في وجهه. فقالت العجوز:

- أتيتكم بلحمة سمينة.

فأخذت الجارية بيد أخي وأدخلته الدار التي دخلها سابقًا وقعدت معه ساعة وقامت، وقالت لأخي:

- لا تبرح حتى أرجع إليك..

وراحت، فلم يستقر أخي إلا والعبد قد أقبل ومعه السيف المجرد، فقال لأخي:

- قم يا مشؤوم.

فقام أخي، وتقدم من العبد فضرب رأسه فقتله في الحال، ثم سحبه من رجله إلى السرداب، ونادى:

- أين الملح؟

فجاءت الجارية، وبيدها الطبق الذي فيه الملح، فلما رأت أخي والسيف بيده، ولت هاربة، فتبعها أخي، وضرب عنقها ورمى رأسها، ثم نادى:

- أين العجوز؟

فجاءت، فقال لها:

- أتعرفيني يا عجوز النحس؟

فقالت:

- لا يا مولاي.

فقال لها:

- أنا صاحب الدنانير الذي جئت وتوضأت عندي وصليت، ثم تحيلت علي حتى أوقعتني هنا.

فقالت:

- اتق الله في أمري.

فانقض عليها وضربها قربة بالسيف فصيرها قطعتين، فماتت في الحال.. ثم خرج في طلب الجارية البوابة، فلما رأته، طار عقلها، وطلبت منه الأمان، فأمنها.. ثم قال لها:

- ما الذي أوقعك عند هذا العبد الأسود؟

فقالت:

- إني كنت جارية لأحد التجار، وكانت هذه العجوز تتردد علي.. فقالت لي يومًا من الأيام:

- إن عندنا فرحًا ما رأى أحد مثله، فأحب أن تنظري إليه.

فقلت لها:

- سمعًا وطاعة..

ثم قمت ولبست أحسن ثيابي، وأخذت معي صرة فيها مائة دينار، ومضيت معها حتى أدخلتني هذه الدار. فلما دخلت ما شعرت إلا وهذا الأسود أخذني، ولم أزل عنده على هذا الحال ثلاث سنين بحيلة العجوز الكاهنة.. فقال لها أخي:

- هل له في الدار شيء؟

فقالت:

- عنده شيء كثير، فإن كنت تقدر على نقله فانقله.

فقام أخي، ومشى معها، ففتحت له الصناديق فيها أكياس، فبقي أخي متحيرًا من كثرة المال والذهب. فقالت له الجارية:

- امض الآن ودعني هنا، وهات من ينقل المال.

فخرج واكترى عشرة رجال، وجاء.. فلما وصل إلى الباب وجده مفتوحًا ولم ير الجارية ولا الأكياس، وإنما رأى شيئًا يسيرًا من المال والقماش.. فعلم أنها خدعته، فعند ذلك أخذ المال الذي بقي، وفتح الخزائن وأخذ جميع ما فيها من القماش ولم يترك في الدار شيئًا، وبات تلك الليلة مسرورًا.. فلما أصبح الصباح، وجد بالباب عشرين جنديًا.. فلما خرج عليهم قبضوا عليه، وقالوا له:

- إن الوالي يطلبك.

فأخذوه وراحوا إلى الوالي.. فلما رأى أخي قال له:

- من أين لك هذا القماش؟

فقبل أخي الأرض تحت قديمة وقال:

- أعطني الأمان..

فأعطاه منديل الأمان.. فحدثه بجميع ما وقع له مع العجوز من الأول إلى الآخر.. ومن هروب الجارية، ثم قال للوالي:

- والذي أخذته خذ منه ما شئت ودع ما اتقوت به..

فطلب الوالي جميع المال والقماش، وخاف الوالي أن يعلم به السلطان، فأخذ البعض وأعطى أخي البعض، وقال له:

- اخرج من هذه المدينة وإلا أشنقك..

فقال:

ـ السمع والطاعة.

فخرج إلى بعض البلدان، فخرجت عليه اللصوص، فعروه وضربوه، وقطعوا أذنيه، فسمعت بخبره، فخرجت إليه وأخذت إليه ثيابًا، وجئت به إلى المدينة مسرورًا ورتبت له ما يأكله وما يشربه، وهو مقيم عندي..

مقطوع الشفتين

استمر الخياط في الحديث وبدأ حكايته التالية قائلاً:

- وأما أخي السادس يا أمير المؤمنين وهو مقطوع الشفتين، فإنه كان فقيرًا جدًا لا يملك شيئًا من حطام الدنيا الفانية.. فخرج يومًا من الأيام يطلب شيئًا يسد به رمقه، فبينما هو في بعض الطرق، إذ رأى دارًا ولها دهليز واسع مرتفع وعلى الباب خدم وأمر ونهي، فسأل بعض الواقفين هناك، فقالوا له:

- هي لواحد من أولاد الملوك؟؟

فتقدم أخي إلى البوابين وسألهم شيئًا، فقالوا:

- ادخل باب الدار تجد ما تحب من صاحبها.

فدخل الدهليز ومشى فيه ساعة حتى وصل إلى دار في غاية ما يكون من الملاحة والظرف.. وفي وسطها بستان ما رأى الراؤون أحسن منه.. وأرضها مفروشة بالرخام، وأستارها مسبولة، فصار أخي لا يعرف أين يقصد؟ فمضى نحو صدر المكان، فرأى إنسانًا حسن الوجه واللحية، فلما رأى أخي، قام إليه ورحب به، وسأله عن حاله، فأخبره أنه محتاج، فلما سمع كلام أخي أظهر غمًا شديدًا، ومد يده إلى ثيابه ومزقها، وقال:

- هل أكون أنا ببلد وأنت بها جائع؟؟ لا صبر لي على ذلك..

ووعده بكل خير.. ثم قال:

- لا بد أن تمالحني.

فقال أخي:

- يا سيدي، ليس لي صبر.. وإني شديد الجوع.

فصاح:

- يا غلام هات الطشت والإبريق.

ثم قال له:

- يا ضيفي، تقدم واغسل يدك.

ثم أومأ كأنه يغسل يده، ثم صاح على أتباعه أن قدموا المائدة، فجعلت أتباعه تغدو وترجع كأنها تهيء السفرة.. ثم أخذ أخي وجلس معه على تلك السفرة الموهومة، وصار صاحب المنزل يومئ ويحرك شفته كأنه يأكل، ويقول لأخي:

- كل.. ولا تستحي، فإنك جائع وأنا أعلم ما أنت فيه من شدة الجوع..

فجعل أخي يومئ كأنه يأكل، وهو يقول لأخي:

- كل.. وانظر هذا الخبز، وانظر بياضه.
وأخي لا يبدي شيئًا.. ثم إن أخي قال في نفسه:
- إن هذا الرجل يحب أن يهزأ بالناس.
فقال:
- يا سيدي، عمري ما رأيت أحسن من بياض هذا الخبز، ولا ألذ من طعمه..
فقال:
- هذا خبزته جارية لي كنت اشتريتها بخمسمائة دينار..
ثم صاح صاحب الدار:
- يا غلام، قدم لنا الكباب الذي لا يوجد مثله في طعام الملوك.
ثم قال لأخي:
- كل يا ضيفي.. فإنك شديد الجوع.. ومحتاج إلى الأكل.
فصار أخي يعمل فمه ويمضغ كأنه يأكل.. وأقبل الرجل يستدعي لونًا بعد لون من الطعام، ولا يحضر شيئًا، ويأمر أخي بالأكل، ثم قال:
- يا غلام قدم لنا الفراريج المحشوة بالفستق..
ثم قال:
- كل ما لم تأكل مثله قط.
فقال:
- يا سيدي، إن هذا الأكل لا نظير له في اللذة.
وأقبل يومئ بيده إلى فم أخي كأنه يلقمه بيده.. وكان يعدد هذه الألوان ويصفها لأخي بهذه الأوصاف وهو جائع.. فاشتد جوعه، وصار بشهوة رغيف من شعير. ثم قال له صاحب الدار:
- هل رأيت أطيب من أباريز هذه الأطعمة؟
فقال له أخي:
- لا يا سيدي.
فقال:
- أكثر من الأكل ولا تستح.
فقال أخي بعد أن فاض به:
- قد اكتفيت من الطعام.
فصاح الرجل على أتباعه، أن قدموا الحلويات فحركوا أيديهم في الهواء كأنهم قدموا الحلويات، ثم قال صاحب المنزل لأخي:
- كل من هذا النوع فإنه جيد، وكل من هذه القطائف، وخذ هذه القطيفة قبل أن ينزل منها لجلاب..

فقال له أخي:

- لا عدمتك يا سيدي.

وأقبل أخي يسأله عن كثرة المسك الذي في القطائف.

فقال له:

- إن هذه عادتي في بيتي، فدائمًا يضعون لي في كل قطيفة مثقالاً من المسك، ونصف مثقال من العنبر.

هذا كله وأخي يحرك رأسه وفمه، يلعب بين شدقيه كأنه يتلذذ بأكل الحلويات.. ثم صاح صاحب الدار على أصحابه، أن أحضروا المكسرات فحركوا أيديهم في الهواء كأنهم أحضروها، وقال لأخي:

- كل من هذا اللوز ومن هذا الجوز ومن هذا الزبيب، ونحو ذلك.

وصار يعد له أنواع المكسرات ويقول له:

- كل ولا تستح.

فقال أخي:

- يا سيدي قد اكتفيت ولم يبق لي قدرة على أكل شيء.

فقال:

- يا ضيفي.. إن أردت أن تأكل وتتفرج على غرائب المأكولات، فبالله، بالله، لا تكن جائعًا.

ثم فكر أخي في نفسه، وفي استهزاء ذلك الرجل به وقال في نفسه:

- لأعملن فيه عملاً يتوب بسببه إلى الله عن هذه الأفعال.

ثم قال الرجل لأتباعه:

- قدموا لنا الشراب.

فحركوا أيديهم في الهواء حتى كأنهم قدموا الشراب. ثم أومأ صاحب المنزل كأنه ناول أخي قدحًا، وقال:

- خذ هذا القدح فإنه سيعجبك..

فقال:

- يا سيدي، هذا من إحسانك..

وأومأ أخي بيده كأنه يشرب.. فقال له:

- هل أعجبك؟

فقال له:

- يا سيدي، ما رأيت ألذ من هذا الشراب.

فقال له:

- اشرب، هنيئًا وصحة..

ثم إن صاحب البيت أومأ وشرب، ثم ناول أخي قدحًا ثانيًا، فخيل أنه شربه، وأظهر أنه أصابه سطل، ثم إن أخي غافله ورفع يده حتى بان بياض إبطه، وصفعه على رقبته صفعة رن لها المكان، ثم ثنى عليه بصفعة ثانية. اندهش الرجل وصاح:

ـ ما هذا يا أسفل العالمين؟

فقال أخي:

ـ يا سيدي، أنا عبدك الذي أنعمت عليه وأدخلته منزلك وأطعمته الزاد وأسقيته الخمر العتيق فسكر، وعربد عليك، ومقامك أعلى من أن تؤاخذه بجهل..

فلما سمع صاحب المنزل كلام أخي، ضحك ضحكًا عاليًا، ثم قال:

ـ إن لي زمنًا طويلاً أسخر بالناس، وأهزأ بجميع أصحاب المزاح والمجون، ما رأيت منهم من له طاقة على أن أفعل به هذه السخرية، ولا من له فطنة يدخل بها في جميع أموري غيرك.. والآن عفوت عنك، فكن نديمي على الحقيقة ولا تفارقني.

ثم أمر بإخراج عدة من أنواع الطعام المذكورة أولاً، فأكل هو وأخي حتى اكتفيا، ثم انتقلا إلى مجلس الشراب، فإذا فيه جوار كأن به الأقمار.. فغنين بجميع الألحان، واشتغلن بجميع الملاهي، ثم شربا حتى غلب عليهما السكر، وأنس الرجل بأخي حتى كأنه أخوه، وأحبه محبةً عظيمةً، وخلع عليه خلعة سنية..

فلما أصبح الصباح، عادا لما كانا عليه من الأكل والشرب.. ولم يزالا كذلك، مدة عشرين سنة.. ثم أن الرجل مات، وقبض السلطان على ماله، فخرج أخي من البلد هاربًا، فلما وصل إلى نصف الطريق، خرج عليه العرب، فأسروه وصار الذي أسره يعذبه، ويقول له:

ـ اشتر روحك مني بالأموال وإلا أقتلك.

فجعل أخي يبكي، ويقول:

ـ أنا والله لا أملك شيئًا.. يا شيخ العرب.. ولا أعرف طريق شيء من المال.. وأنا أسيرك، وصرت في يدك، فافعل بي ما شئت.

فأخرج البدوي الجبار من حزامه سكينًا عريضة، لو نزلت على رقبة جمل لقطعتها من الوريد إلى الوريد.. وأخذها في يده اليمنى وتقدم إلى أخي المسكين وقطع بها شفتيه.. وشك عليه في المطالبة. وكان للبدوي زوجة حسنة، وكان إذا خرج البدوي، تتعرض لأخي وتراوده عن نفسه.. وهو يمتنع حياءً من الله تعالى.. فاتفق أن راودت أخي يومًا من الأيام، فقام

ولاعبها وأجلسها في حجره. فبينما هما كذلك، وإذا يزوجها داخل عليهما، فلما نظر إلى أخي قال له:

- ويلك يا خبيث.. أتريد الآن أن تفسد علي زوجتي؟

وأخرج سكينًا وقطع بها ذكره وحمله على جمل، وطرحه فوق جبل وتركه، وسار إلى حال سبيله.. فجاز عليه المسافرون، فعرفوه، وأطعموه، وسقوه، وأعلموني بخبره. فذهبت إليه وحملته، ودخلت به المدينة ورتبت له ما يكفيه.. وها أنا جئت عندك يا أمير المؤمنين، وخفت أن أرجع إلى بيتي قبل إخبارك، فيكون ذلك غلطًا وورائي ستة أخوة وأنا أقوم عليهم.

***

فلما سمع أمير المؤمنين قصتي وما أخبرته به عن أخوتي، ضحك وقال:

- صدقت يا صامت.. أنت قليل الكلام وما عندك فضول.. ولكن الآن أخرج من هذه المدينة، وأسكن غيرها...

ثم نفاني من بغداد، فلم أزل سائرًا في البلاد حتى طفت الأقاليم.. إلى أن سمعت بموته وخلافة غيره، فرجعت إلى المدينة، فوجدته مات.. ووقعت عند هذا الشاب وفعلت معه أحسن الفعال ولولاي أنا لقتل، وقد اتهمني بشيء ما هو في جميع ما نقله عني من الفضول وكثرة الكلام وكثافة الطبع وعدم الذوق باطل يا جماعة.

ثم قال الخياط لملك الصين، فلما سمعنا قصة المزين، وتحققنا فضوله وكثرة كلامه وأن الشاب مظلوم معه، أخذنا المزين وقبضنا عليه وحبسناه وجلسنا حوله آمنين.. ثم أكلنا وشربنا وتمت الوليمة على أحسن حالة، ولم نزل جالسين إلى أن أذن العصر، فخرجت وجئت منزلي وعشيت زوجتي، فقالت:

- إن طول النهار، في حظك وأنا قاعدة في البيت حزينة، فإن لم تخرجي وتفرجني بقية النهار كان ذلك سبب فراقي منك..

فأخذتها وخرجت بها وتفرجنا إلى العشاء.. ثم رجعنا فلقينا هذا الأحدب والسكر طافح منه وهو ينشد هذين البيتين:

رق الزجاج وراقت الخمر فتشابها وتشاكل الأمر
فكأنما خمر ولا قدح وكأنما قدح ولا خمر

فعزمت عليه فأجابني، وخرجت لأشتري سمكًا مقليًا، فاشتريت، ورجعت، ثم جلسنا نأكل، فأخذت زوجتي لقمة وقطعة سمك وأدخلتهما فمه وسدته فمات.. فحملته وتحايلت حتى رميته في بيت هذا الطبيب وتحايل الطبيب،

حتى رماه في بيت المباشر الذي رماه في طريق السمسار، وهذه قصة ما لقيته البارحة..

فلما سمع ملك الصين هذه القصة، أمر بعض حجابه أن يمضوا مع الخياط، ويحضروا المزين.. وقال لهم:

- لا بد من حضوره لأسمع كلامه ويكون ذلك سببًا في خلاصكم جميعًا، وندفن هذا الأحدب ونواريه في التراب.. فإنه ميت من أمس ثم نعمل له ضريحًا لأنه كان سببًا في إطلاعنا على هذه الأخبار العجيبة..

فما كان إلا ساعة حتى جاءت الحجاب ومعهم الخياط، بعد أن مضوا إلى الحبس وأخرجوا منه المزين، وساروا به إلى أن أوقفوه بين يدي الملك، فلما رآه تأمله فإذا هو شيخ كبير جاوز التسعين، أسود الوجه أبيض اللحية والحواجب، مقرطم الأذنين، طويل الأنف.. في نفسه كبر.. فضحك الملك من رؤيته وقال:

- يا صامت، أريد أن تحكي لي شيئًا من حكاياتك، فقال المزين:

- يا ملك الزمان، ما شأن هذا النصراني وهذا بطريق اليهودي وهذا المسلم وهذا الأحدب بينكم ميت؟؟ وما سبب هذا الجمع؟؟

فقال له ملك الصين:

- وما سؤالك عن هؤلاء؟

فقال:

- سؤالي عنهم حتى يعلم الملك أني غير فضولي.. ولا أشتغل بما لا يعنيني، وإنني بريء مما اتهموني به من كثرة الكلام. وأن لي نصيبًا من اسمي حيث لقبوني بالصامت كما قال الشاعر:

وكلما أبصرت عيناك ذا لقب   إلا ومعناه أن فتشت في لقبي

فقال الملك:

- اشرحوا للمزين حال هذا الأحدب وما جرى له في وقت العشاء، واشرحوا له ما حكى النصراني، وما حكى اليهودي، وما حكى الخياط، فحكوا له حكايات الجميع فحرك المزين رأسه وقال:

- والله إن هذا الشيء عجيب.. اكشفوا لي عن هذا الأحدب..

فكشفوا له عنه، فجلس عند رأسه، وأخذ رأسه في حجره، ونظر في وجهه، وضحك ضحكًا عاليًا حتى انقلب على قفاه من شدة الضحك.. وقال:

- لكل موتة سبب من الأسباب وموتة هذا الأحدب من عجب العجاب.. يجب أن تؤرخ في السجلات ليعتبر بما مضى ومن هو آت..

فتعجب الملك من كلامه، وقال:

- يا صامت.. احك لنا سبب كلامك هذا..

فقال:

- يا ملك، وحق نعمتك أن الأحدب فيه الروح..

ثم إن المزين أخرج من وسطه مكحلة فيها دهن.. ودهن رقبة الأحدب وغطاها حتى عرقت، ثم أخرج كلابتين من حديد ونزل بهما في حلقة فالتقطتا قطعة السمك بعظمها.. فلما أخرجها، رآها الناس بعيونهم، ثم نهض الأحدب واقفًا على قدميه، وعطس عطسة واستفاق في نفسه، وملس بيديه على وجهه، وقال:

- لا إله إلا الله محمد رسول الله.

فتعجب الحاضرون من الذي رأوه، وعاينوه.. فضحك ملك الصين حتى غشي عليه، وكذلك الحاضرون.. وقال السلطان:

- والله إن هذه القصة عجيبة ما رأيت أغرب منها..

ثم إن السلطان قال:

- يا مسلمين.. يا جماعة العسكر، هل رأيتم في عمركم أحدًا يموت ثم يحيا بعد ذلك؟؟ ولولا رزقه الله بهذا المزين، لكان اليوم من أهل الآخرة.. فإنه كان سببًا لحياته..

فقالوا:

- والله إن هذا من العجب العجاب.

ثم إن ملك الصين أمر أن تسطر هذه القصة، فسطروها ثم جعلوها في خزانة الملك، ثم خلع على اليهودي والنصراني والمباشر، وخلع على كل واحد خلعة سنية وجعل الخياطة خياطه، ورتب له الرواتب.. وأصلح بينه وبين الأحدب، وخلع على الأحدب خلعة سنية مليحة، ورتب له الراتب، وجعله نديمه.. وأنعم على المزين وخلع عليه خلعة سنية ورتب له الرواتب.. وجعل له جامكية، وجعله مزين المملكة، ونديمه.. ولم يزالوا في ألذ العيش وأهناه.. إلى أن آتاهم هادم اللذات ومفرق الجماعات..

النهاية..